Lese-

1. Lesestufe

Jack Kent • Inge Meyer-Dietrich

Achtung, Drachen!
Lustige Drachengeschichten

Mit Bildern von Jack Kent

und Almud Kunert

Ravensburger Buchverlag

Bibliografische Information der Deutschen Nationalbibliothek:

Die Deutsche Nationalbibliothek verzeichnet diese Publikation
in der Deutschen Nationalbibliografie.
Detaillierte bibliografische Daten sind im Internet
über **http://dnb.d-nb.de** abrufbar.

1 2 3 12 11 10

Diese Ausgabe enthält den Band
„Drachen gibt's doch gar nicht" von Jack Kent mit Illustrationen des Autors.
Die amerikanische Originalausgabe erschien unter dem Titel
„There's no such Thing as a Dragon".
Copyright © 1975 by Random House, Inc.
Copyright renewed 2009 by Random House, Inc.
This translation published by arrangement with Random House Children's Books,
a division of Random House, Inc.
Aus dem Amerikanischen von Ute Andresen.

© 1978 für die deutsche Erstausgabe
Ravensburger Buchverlag Otto Maier GmbH

Außerdem sind noch enthalten:
„Der kleine Drache will nicht zur Schule" und „Der kleine Drache und der Monsterhund"
von Inge Meyer-Dietrich mit Illustrationen von Almud Kunert.
© 2007 Ravensburger Buchverlag Otto Maier GmbH

Ravensburger Leserabe
© 2010 Ravensburger Buchverlag Otto Maier GmbH
für die vorliegende Ausgabe

Umschlagbild: Heribert Schulmeyer
Umschlagkonzeption: Sabine Reddig
Printed in Germany
ISBN 978-3-473-36315-5

www.ravensburger.de
www.leserabe.de

Inhalt

Jack Kent

Drachen
gibt's doch gar nicht

Mit Bildern des Autors

Inhalt

Besuch für Felix

Bin ich wach oder träume ich?,
dachte Felix Fischel,
als er eines Morgens aufwachte
und in seinem Zimmer
ein Drache saß.
Ein ganz kleiner Drache,
so groß wie ein Kätzchen.

Felix streichelte
ihm den Kopf
und der kleine Drache
wedelte fröhlich
mit dem Schwanz.

Felix ging nach unten.
Er erzählte seiner Mutter
von dem Drachen.

„Drachen gibt's doch gar nicht!",
sagte seine Mutter.

Und das klang so,
als meinte sie das auch.

Felix ging wieder nach oben
in sein Zimmer und zog sich an.

Der Drache strich um ihn herum
und wedelte mit dem Schwanz.
Aber Felix streichelte ihn nicht mehr.

Wäre ja blöd, etwas zu streicheln,
was es doch überhaupt nicht gibt.

Felix wusch sich
Hände und Gesicht
und ging runter zum Frühstück.

Der Drache kam mit.

Er war etwas größer geworden,

fast so groß wie ein Hund.

Pfannkuchen für den Drachen

Felix setzte sich an den Tisch.
Der Drache setzte sich
AUF den Tisch.
Das durfte man eigentlich nicht.
Aber leider konnte Felix' Mutter
nichts dagegen tun.

Sie hatte ja gesagt,
Drachen gäbe es gar nicht.
Und wenn es keine Drachen gibt,
kannst du auch keinem sagen,
er solle vom Tisch runtergehen.

Mutter backte Pfannkuchen
für Felix,
aber die fraß alle
der Drache auf.
Mutter backte noch mehr.
Aber die schlang der Drache
auch noch runter.

Mutter backte Pfannkuchen,
bis der Teig alle war.
Felix erwischte davon
nur einen einzigen.
Aber er sagte:
„Mehr wollte ich gar nicht!"

Felix ging nach oben,
um sich die Zähne zu putzen.
Mutter räumte den Tisch ab.
Der Drache,
nun schon so groß wie sie,
machte es sich gemütlich
auf dem Teppich im Flur
und schlief ein.

Der Drache wird immer größer

Als Felix wieder runterkam,
war der Drache so groß geworden,
dass er den ganzen Flur füllte.
Nur durch das Wohnzimmer
kam Felix um den Drachen herum
und zu seiner Mutter.

„Das wusste ich gar nicht,
dass Drachen so schnell wachsen!",
sagte Felix verwundert.
„Drachen gibt es überhaupt nicht!",
sagte seine Mutter energisch.

Mutter machte unten sauber.
Das dauerte
den ganzen Vormittag.

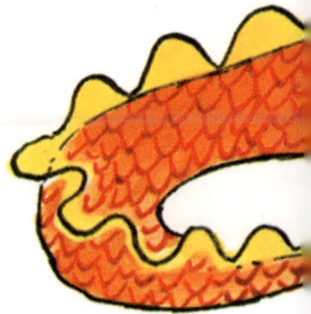

Der Drache lag ja im Weg
und sie musste
durch die Fenster steigen,
um von einem Zimmer
ins andere zu gelangen.

Gegen Mittag war der Drache
schon größer als das Haus.
Sein Kopf ragte zur Haustür heraus,
sein Schwanz schlängelte sich
aus der Hintertür.

In jedes Zimmer im Haus
quetschte sich ein Stück Drache.

Als der Drache
von seinem Schläfchen erwachte,
hatte er Hunger.

Ein Brotauto fuhr vorbei.

Es duftete nach frischem Brot

und der Drache

konnte nicht widerstehen.

Er rannte hinter dem Auto her.

Und das Haus

saß auf seinem Rücken

wie ein Schneckenhaus.

BLÜMCHEN
BROT

BROT

Der Postbote kam gerade
mit Briefen für Fischels.
Da raste das Haus an ihm vorbei
und stürmte die Straße hinunter.
Er jagte Fischels Haus nach,
aber er holte es nicht ein.

Ein Haus ist unterwegs

Als Herr Fischel
zum Essen heimkam,
sah er sofort:
Das Haus war weg!

Zum Glück konnte ihm
eine Nachbarin sagen,
in welche Richtung
es verschwunden war.

Herr Fischel sprang ins Auto
und machte sich auf die Suche
nach dem Haus.
Alle Häuser unterwegs
sah er sich genau an.
Dann entdeckte er eines,
das ihm bekannt vorkam.

Felix und Frau Fischel
winkten aus einem Fenster
im ersten Stock.

Herr Fischel kletterte
über den Kopf des Drachen,
über seinen Hals
und das Vordach
in das Fenster
im ersten Stock.

„Was ist hier los?",
fragte Herr Fischel.
„Das war der Drache",
sagte Felix.
„Drachen gibt es
über…",
fing seine Mutter an.
„Das IST aber
ein Drache!",
sagte Felix energisch.
Und er streichelte
dem Drachen
den Kopf.

Der Drache wedelte glücklich
mit dem Schwanz.

Und dann, schneller noch
als er gewachsen war,
schrumpfte er wieder.

Bald war er nur noch so groß
wie ein Kätzchen.
„Gegen Drachen in DIESER Größe
habe ich gar nichts",
sagte Felix' Mutter.
„Warum musste er bloß
so GROSS werden?"

„Ich weiß auch nicht",
sagte Felix,
„aber ich glaube,
er wollte einfach nur,
dass man ihn bemerkt
und ihn lieb hat."

Leserätsel

mit dem Leseraben

Der Leserabe hat sich ein paar spannende Rätsel für echte Lese-Detektive ausgedacht. Mal sehen, ob du die Fragen beantworten kannst. Wenn nicht, lies einfach noch mal auf den Seiten nach. Wenn du die richtigen Antwortbuchstaben in die Kästchen auf Seite 48 eingesetzt hast, bekommst du das Lösungswort.

Fragen zu der Geschichte

1. Was sitzt bei Felix eines Morgens im Zimmer? (Seite 9)

K : Ein Kätzchen.

D : Ein Drache.

2. Was sagt Felix' Mutter über Drachen? (Seite 12)

R : Drachen gibt's doch gar nicht.

A : Drachen sind sehr gefährlich.

3. Wie groß ist der Drache kurz vor dem Frühstück? (Seite 17)

A : Fast so groß wie ein Hund.

M : Fast so groß wie das Haus.

4. Wie viel Pfannkuchen isst Felix zum Frühstück? (Seite 21)

L : Drei Pfannkuchen.

C : Einen einzigen Pfannkuchen.

5. Was sieht Herr Fischel, als er nach Hause kommt? (Seite 34)

U : Er sieht den Drachen.

H : Er sieht, dass sein Haus verschwunden ist.

Lösungswort:

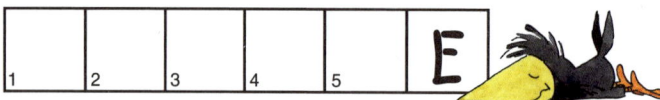

1	2	3	4	5	E

Inge Meyer-Dietrich

Der kleine Drache will nicht zur Schule

Mit Bildern von Almud Kunert

Inhalt

Drachensachen

Fuega läuft am Strand entlang.

Sie übt Feuer spucken.

Fuega übt,

den Leuten einen Schreck einzujagen.

Sie übt doppelte Saltos zu fliegen.

Und weich zu landen. Im Sand.

Fuegas Hals kratzt

von den vielen kleinen Flammen.

Ihr ist schwindelig

vom Kopfüber-Fliegen.

Und ihr Schwanz hat eine Beule
von der letzten Landung.
Die war viel zu schnell.

Verflixt! Ist das alles schwer.
Aber klar, Fuega will genauso gut
Feuer spucken und fliegen können
wie die großen Drachen.

Nächste Woche kommt Fuega
in die Schule.
„Da lernt man
die Drachensachen richtig",
sagen alle.

Ach was, denkt Fuega.
Ich kann allein lernen,
solange ich Lust hab.
Gerade jetzt
hat Fuega keine Lust mehr.

Sie braucht eine kleine Pause,
hockt sich auf die dicken Steine
nah am Wasser.
Sie spuckt ein Feuerchen
und denkt nach.

Der Wind bläst.

Die Möwen schreien.

Weit weg, mitten auf dem Meer,

fährt ein dickes Schiff.

Das will ich auch, denkt Fuega.
Übers Meer fahren.
Weit, weit weg!

Wozu Drachenschule?
Ich will was erleben,
ein richtiges Abenteuer!
Also los!
Ganz schnell!

Unterwegs mit dem Wind

Fuega rennt ein Stück zurück.
Da hat sie vorhin
eine Kiste entdeckt.
Die kann sie gut gebrauchen
als ihr Boot.

Und das Segel?
Dafür hat sie ihre Ohren.

Und das Steuer?

Fuega muss nicht lange überlegen.

Steuern kann sie doch

mit ihrem Schwanz!

Schwups, ist das Boot im Wasser,

und Fuega segelt los.

„Könnt ihr mich alle sehen?
Ich bin der Kapitän!",
singt Fuega übermütig.

„Klar!", rufen die Möwen.
Die Fische nicken
mit ihren Schwänzen.

Ha! Der Wind ist stark!
Der treibt Fuegas Boot
aufs offene Meer hinaus.

Fuega übt, mit den Ohren zu segeln.
Dann hängt sie ihren Schwanz
zum Steuern ins Wasser.

Es klappt! Sie wird gleich schneller.
Fuega schießt zickzack übers Meer.
Was für ein Spaß!

Aber jetzt?

Warum wird sie

auf einmal so langsam?

Oh nein! Der Wind ist weg.

Schlapp hängen Fuegas Ohren.

Hilflos rudert ihr Schwanz.

So ein Mist!

Fuega spuckt Funken.

Vor Zorn.

Hilfe, Hilfe!

Plötzlich entdeckt Fuega eine Insel
und paddelt hin.

Auf der Insel wohnen Robben.
„Könnt ihr mir helfen?", fragt Fuega.
„Klar!", rufen die Robben.

Schwups, sind sie im Wasser
und schubsen Fuegas Boot
vor sich her.
Fast so schnell wie der Wind.

„Wuuunderschöön …",
singt Fuega.

He! Was für ein riesiger Berg!

Mitten im Meer!

Der Berg kommt immer näher!

Er hat ein riesiges Maul.

Die Robben zittern.

Das Boot wackelt.

„Ein Wal!", schreit Fuega. „Hilfe!"

Rumms!
Das Boot knallt
gegen den Unterkiefer
des großen Wals.
Zack!
Fuega landet auf seinen Zähnen.

Gleich wird es duster!
Gleich,
wenn der Wal sie verschluckt.

Von wegen!
Fuega kann ja Feuer spucken!
Und wie!

„Hilfe!", ruft der Wal erschrocken
und hustet Fuega ins Meer zurück.

Fuega schwimmt und schwimmt.
Wo sind die Robben?
Wo ist ihr Boot?

Nur noch der Wal
ist in der Ferne zu sehen.

Sie schwimmt und schwimmt.
Das Meer ist so groß und weit!

Endlich entdeckt Fuega
ein paar Felsen.
Nackte Felsen
ohne Baum oder Strauch.
Niemand ist zu sehen.

Fuega versucht,
auf einen der Felsen zu klettern.
Sie rutscht ab.
Fuega hat kaum noch Kraft.
Doch sie versucht es wieder.

Geschafft!
Sie zittert vor Kälte.
Fuega spuckt ein Feuer,
so groß es geht.

Sie denkt an ihre Drachenmutter,
die Riesenfeuer spucken kann.
Da wird einem bei Kälte
so richtig kuschelig warm.

Fuega hat Heimweh.

Noch nie war sie so weit weg.

Sie hat Hunger und Durst.

Sie will nach Hause. Unbedingt!

Aber wie?

Sie hat kein Boot mehr.

Also muss sie fliegen,

auch wenn sie noch nie

so weit geflogen ist.

Ich muss es schaffen, denkt Fuega.

Hier kann ich nicht bleiben.

Wer weiß,

ob mich hier jemand findet?

Und jetzt?

Fuega nimmt Anlauf.

Sie stellt die Ohren hoch.

Ich brauche kein Boot, denkt sie.

Heute bin ich Luftkapitän.

Und schon fliegt sie los.

Übers Meer.

Immer geradeaus.

Fuega fliegt und fliegt.
Eigentlich geht das besser
als segeln, denkt sie.
Ich brauche kein bisschen Wind.

Sie fliegt und fliegt.
Jetzt taucht endlich der Strand auf!

Hier ist Fuega zu Hause.
Von hier aus ist sie
mit der Kiste losgesegelt.

Fuega entdeckt Zeichen in der Luft,
Feuerzeichen, natürlich, die kennt sie!
Sie weiß sofort, wer ihr die schickt.

Richtig.
Die Drachenmutter steht am Strand
und spuckt ein Riesenfeuer.
Vor Freude? Oder vor Zorn?

Fuega landet beinahe weich
neben der Mutter im Sand.
Die knurrt wie ein alter Drachen.

Doch ihre Augen blitzen
ein frohes Drachenlachen.
„Wenn du erst in die Schule kommst
und die Drachenschrift lernst …",
murmelt sie.

„Warum?", fragt Fuega.
„Was soll ich mit der Drachenschrift?"

„Mir eine Nachricht schreiben,
wenn du wieder verschwindest.
Ich hatte solche Angst um dich!",
sagt die Drachenmutter.

Hm, denkt Fuega.
Drachenschrift?
Eigentlich nicht schlecht,
wenn ich die könnte.

Und mächtig Feuer spucken,
so große wie meine Mutter.
Und doppelte Saltos fliegen
mit superweicher Landung,
ohne mir eine Beule zu holen.

Und vielleicht mit vielen, vielen
wilden Drachenkindern spielen?

Wenn Fuega nicht so müde wäre!
Wenn Fuega
nicht solchen Drachenhunger hätte!
Sie würde am liebsten
jetzt schon in die Schule gehen.
Jetzt sofort!

Leserätsel

mit dem Leseraben

Hast du die Geschichte ganz genau gelesen?
Der Leserabe hat sich ein paar spannende
Rätsel für echte Lese-Detektive ausgedacht.
Mal sehen, ob du die Fragen beantworten kannst.
Wenn nicht, lies einfach noch mal
auf den Seiten nach. Wenn du die richtigen
Antwortbuchstaben in die Kästchen auf Seite 91
eingesetzt hast, bekommst du das Lösungswort.

Fragen zur Geschichte

1. Was übt Fuega am Strand? (Seite 55)

   F: Sie übt Feuer spucken.

   B: Sie übt Sandburgen zu bauen.

2. Was macht Fuega mit der Kiste? (Seite 64)

A : Sie benützt sie als Schatzkiste.

E : Sie nimmt sie als ihr Boot.

3. Warum hustet der Wal Fuega zurück ins Meer?
(Seite 74/75)

T : Fuega hat ihn gekitzelt.

U : Fuega spuckt Feuer im Maul des Wals.

4. Was macht Fuega, als sie nach Hause will?
(Seite 82)

E : Sie fliegt allein übers Meer.

O : Sie lässt sich von einem Schiff abholen.

5. Was möchte Fuega in der Schule lernen?
(Seite 86–88)

L : Fuega möchte Segeln lernen.

R : Feuer spucken, Fliegen und die Drachenschrift.

Lösungswort:

1	2	3	4	5

Inge Meyer-Dietrich

Der kleine Drache und der Monsterhund

Mit Bildern von Almud Kunert

Inhalt

Der erste Schultag

Endlich!

Fuega kommt heute in die Schule.

Die Drachenmutter bringt sie hin.

Fuega hüpft aufgeregt
über alle Stolpersteine.
Der Schulweg gefällt ihr.
Das bunte Haus an der Ecke!
Der Apfelbaum!

Plötzlich stellt sie die Ohren auf.

Was war das?

Da! Hinter dem blauen Tor

bellt ein Hund!

Fuega starrt ihn an.

Der Hund macht ihr Angst.

Er ist riesengroß und pechschwarz.

Er hat ein wildes, zottiges Fell.

Seine lange Zunge

hängt ihm aus dem Maul.

Und die Zähne!

Oh, diese schaurigen Zähne!

Die Drachenmutter geht zum Tor.
Sie rollt mit den Augen
und spuckt ein gewaltiges Feuer.
Sie faucht das gefährlichste Fauchen,
das man sich denken kann.

Der Monsterhund klappt das Maul zu.

Er zieht den Schwanz ein.

Weg ist er!

Er verkriecht sich in seiner Hütte.

Die Drachenmutter lacht.

„Komm, Fuega", sagt sie. „Es wird Zeit!
Das letzte Stück müssen wir fliegen."

Da ist die Schule!
So viele kleine Drachen
hat Fuega noch nie gesehen.

Sie sitzt neben Alev
mit den lustigen Ohren.
„Heute lernt ihr eure Namen
in Feuerschrift",
sagt der Drachenlehrer.

Die Drachenkinder üben Feuerzeichen,
bis die Schule aus ist.

Fuega geht mit der Mutter nach Hause.
Stolz trägt sie die Schultüte.
Vom Monsterhund keine Spur!

Ein neuer Freund?

Am nächsten Morgen
marschiert Fuega allein los.
Ein Feuerwehrauto rast an ihr vorbei.

Sie läuft hinterher.

Ihr Rucksack klappert.

Das findet Fuega lustig.

Aber dann!

Wuff, wuff und wuffwuff!

Der Monsterhund
mit den schaurigen Zähnen!
Wie grausig er bellt!

Vor Schreck kann Fuega nicht fliegen.
Sie stolpert um die Ecke.
Nur weg von hier!

Sie kommt zu spät in die Schule.
„Morgen musst du pünktlich sein",
sagt der Lehrer.

Alev schenkt Fuega Kuchen.
„Von meiner Oma", sagt er.
„Aus der Türkei."

Die Feuerschrift macht Spaß.
Mit Alev doppelte Saltos
zu fliegen
und die Türkei
auf der Landkarte zu suchen,
macht Spaß.

Schule könnte so schön sein.
Wenn nur der Schulweg
mit dem Hund nicht wäre!

Fuega muss ständig Umwege machen,
nie kommt sie pünktlich.
„Entschuldigung", sagt sie.
„Da war ein Unfall."
Oder: „Ein Baum lag auf der Straße."

Der Lehrer runzelt die Stirn.

„Was erzählst du für Geschichten?

Flieg einfach, wenn dir was im Weg ist."

Dicke Drachentränen
kullern über Fuegas Gesicht.
Doch sie kann nicht sagen,
warum sie solche Angst hat.
Sie ist doch ein Drache!

Alev stupst Fuega an.
„Wollen wir uns treffen?",
flüstert er ihr ins Ohr.
„Heute Nachmittag?"

Fuega wischt die Tränen weg.

„Komm zu uns,

wir wohnen am Strand", sagt sie.

„Da kann man schön spielen."

Sie erklärt Alev den Weg.

Der Apfelbaum. Das bunte Haus.

Vom Monsterhund sagt sie nichts.

Alev, der hat bestimmt keine Angst.

„Um drei bin ich da", verspricht er.

Was machen wir jetzt?

Wo bleibt Alev nur?
Fuega geht ihm entgegen.
Vorbei am bunten Haus.
Sie klettert auf den Apfelbaum.
Von Alev keine Spur.

Fuega kehrt um.

Sie lässt Steine übers Wasser tanzen.

Endlich kommt Alev geflogen.

Ganz außer Puste.

„Tut mir leid", keucht er.

„Da war ein Hund. So ein Monster!

Ich hab mich nicht vorbeigetraut."

„Darum komme ich immer zu spät."
Fuega seufzt. „Der Hund.
Wenn ich ihn sehe,
kann ich vor Angst kaum laufen.
Und fliegen schon gar nicht."

Alev lässt sich in den Sand fallen.

Neben Fuega.

Sie sehen den Möwen nach.

Eine Maus flitzt aus ihrem Loch.

Fuega springt auf.

Sie rollt mit den Augen.

Zack, ist die Maus verschwunden.

„Alev!", ruft Fuega.

„Wir fangen mit kleinen Tieren an,

bis wir uns zum Monsterhund trauen."

Begeistert wackelt Alev mit den Ohren.

„Weißt du, wo die Hasen wohnen?"

„Klar", sagt Fuega. „Drüben am Wald."

Schon sind die Freunde unterwegs.

Es klappt!
Es klappt mit den Hasen
wie mit der Maus.

„Lass uns Hunde suchen",
schlägt Fuega vor.
„Ich weiß nicht", sagt Alev.

„Klitzekleine Hunde."

Fuega denkt an Ups von nebenan.

„Wie eine Klobürste sieht er aus",
findet Alev.
Ein einziges Fauchen,
schon saust Ups davon.

Drei Häuser weiter

beim dicken Mops

spucken die Freunde ein Feuer.

Der Mops landet vor Schreck im Gebüsch.

Fuega und Alev üben.
Sie üben mit immer größeren Hunden,
wagen sich fast bis zum blauen Tor.

Doch zum Monsterhund
wollen sie lieber erst morgen.
Alev fliegt einen Riesenumweg
nach Hause.

Oh Schreck, oh Wunder!

Fuega und Alev treffen sich früh,
noch ehe die Schule beginnt.
Sie wollen zusammen mutig sein.

Aber, oh Schreck,
das blaue Tor steht offen.
Der Monsterhund kommt angewetzt.

Jetzt kann ich nicht mehr weglaufen,
denkt Fuega.
Ich kann nicht mehr zurück,
denkt Alev.

Sie rollen die Augen
und schneiden grässliche Fratzen.
Sie werfen ihre Feuer zusammen,
dass es zischt und faucht.

Warum verkriecht der Hund sich nicht?
Es sieht aus, als ob er lacht.

„Vielleicht mag er unser Feuer?"
Fuega spuckt ein extraschönes.
„Vielleicht mag er Fratzen?"
Alev gelingt eine besonders gruselige.

Der Hund legt sich auf den Rücken.

Er sieht gar nicht mehr böse aus.

Langsam geht Fuega näher.

„Hallo, Hund!", sagt sie.

Er blinzelt.

Vorsichtig streichelt sie ihn am Ohr.

Das scheint er zu mögen.

Alev pfeift staunend ein Flämmchen
zwischen den Zähnen hervor.

„Wir kommen bald wieder", sagt Fuega.

Dann fliegt sie mit Alev zur Schule,
schnell wie der Wind.
Sie stolpern zu spät
ins Klassenzimmer.
„Das letzte Mal",
keucht Fuega.
„Versprochen!"

Leserätsel

mit dem Leseraben

Hast du die Geschichte ganz genau gelesen?
Der Leserabe hat sich ein paar spannende
Rätsel für echte Lese-Detektive ausgedacht.
Mal sehen, ob du die Fragen beantworten kannst.
Wenn nicht, lies einfach noch mal
auf den Seiten nach. Wenn du die richtigen
Antwortbuchstaben in die Kästchen auf Seite 134
eingesetzt hast, bekommst du das Lösungswort.

Fragen zur Geschichte

1. Wen sieht Fuega hinter dem blauen Tor?
(Seite 98/99)

A: Sie sieht einen riesengroßen, pechschwarzen
Hund.

O: Sie sieht viele kleine Drachen.

2. Was machen Alev und Fuega in der Schule?

(Seite 110)

   P: Sie backen zusammen einen Kuchen.

   N: Sie fliegen doppelte Saltos und suchen die

       Türkei auf der Landkarte.

3. Warum landet der Mops im Gebüsch? (Seite 124)

   K: Alev hat ihn ins Gebüsch geschubst.

   S: Fuega und Alev haben Feuer gespuckt,

       um ihn zu erschrecken.

4. Was macht der Monsterhund, als Fuega und Alev

ihn erschrecken wollen? (Seite 129)

   U : Er rennt davon.

   T : Er legt sich auf den Rücken und sieht gar

       nicht mehr böse aus.

Lösungswort:

1	2	G	3	4

Leserätsel

mit dem Leseraben

Der Leserabe hat sich für dich noch einige
Extra-Rätsel zu den Geschichten ausgedacht!
Wenn du Rätsel 4 auf Seite 137/138 löst,
kannst du ein Buchpaket gewinnen!

Rätsel 1

In dieser Buchstabenkiste haben sich vier
Wörter aus den Geschichten versteckt.
Findest du sie?

D	X	C	V	B	N	M
R	S	C	H	U	L	E
A	P	O	I	U	Z	T
C	B	F	U	E	G	A
H	Q	W	R	D	G	L
E	X	H	U	N	D	B

Rätsel 2

Der Leserabe hat einige Wörter aus den
Geschichten auseinandergeschnitten.
Immer zwei Silben ergeben ein Wort.
Schreibe die Wörter auf ein Blatt!

Fe-   -mer   mu-

Zim-   -tig

-geln   se-   -lix

Rätsel 3

In diesem Satz aus den „Drachengeschichten"
von Seite 126 sind fünf falsche Buchstaben
versteckt. Lies ganz genau und trage die falschen
Buchstaben der Reihe nach in die Kästchen ein.

Afber, oh Schreuck,
daes blaue Tor steht offen.
Der Monsterhugnd koammt angewetzt.

1	2	3	4	5

Rätsel 4

Beantworte die Fragen zu den Geschichten.
Wenn du dir nicht sicher bist, lies auf den Seiten
noch mal nach!

1. Was tut der Drache, als Felix ihn streichelt?
(Seite 10)

T: Er wedelt fröhlich mit dem Schwanz.

R: Er speit vor Freude Feuer.

2. Was tut der Drache nach seinem Schläfchen?
(Seite 30/31)

I : Er putzt sich die Schuppen.

E : Er jagt einem Brotauto hinterher.

3. Wovon ist Fuega schwindlig? (Seite 56)

P : Vom vielen Kopfüber-Fliegen.

L : Weil sie nichts gegessen hat.

4. Was entdeckt Fuega auf ihrem Weg nach Hause?
(Seite 85)

P : Sie entdeckt Feuerzeichen.

E : Sie sieht dunkle Wolken am Himmel.

5. Warum kommt Alev zu spät zu dem Treffen mit Fuega? (Seite 117/118)

    B: Er musste in der Schule noch nachsitzen.

    I: Er hat sich nicht an dem Monsterhund vorbeigetraut.

6. Was tun Alev und Fuega, als der Monsterhund angelaufen kommt? (Seite 127)

    H: Sie rollen die Augen und schneiden Fratzen.

    L: Sie schreien ganz laut.

Lösungswort:

1	2	3	4	5	C	6

Rabenpost

Super, alles richtig gemacht! Jetzt wird es Zeit für die RABENPOST.
Schicke dem LESERABEN einfach eine Karte mit dem richtigen Lösungswort. Oder schreib eine E-Mail. Wir verlosen jeden Monat 10 Buchpakete unter den Einsendern!

An den LESERABEN
RABENPOST
Postfach 2007
88190 Ravensburg
Deutschland

leserabe@ravensburger.de
Besuch mich doch auf meiner Webseite:
www.leserabe.de

Ravensburger Bücher vom Leseraben

Leserabe

1. Lesestufe für Leseanfänger ab der 1. Klasse

Feengeschichten
Vanessa Walder · Betina Gotzen-Beek
ISBN 978-3-473-**36204**-2

Ein Schultag voller Abenteuer
Spannende Schulgeschichten
Martin Klein · Susanne Schulte
ISBN 978-3-473-**36389**-6

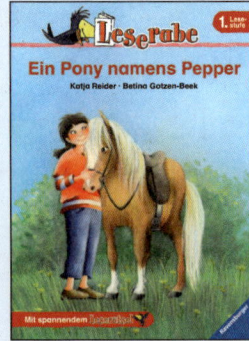

Ein Pony namens Pepper
Katja Reider · Betina Gotzen-Beek
ISBN 978-3-473-**36393**-3

2. Lesestufe für Leseanfänger ab der 2. Klasse

Rettung für Flöckchen
Claudia Ondracek · Irmgard Paule
ISBN 978-3-473-**36208**-0

Nick Nase und der geheimnisvolle Koffer
Marjorie Weinman Sharmat · Detlef Kersten
ISBN 978-3-473-**36173**-1

Das Hexeninternat
Claudia Ondracek · Silke Voigt
ISBN 978-3-473-**36395**-7

3. Lesestufe für Leseanfänger ab der 3. Klasse

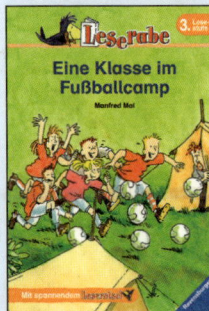

Eine Klasse im Fußballcamp
Manfred Mai
ISBN 978-3-473-**36210**-3

Leonie ist verknallt
Manfred Mai
ISBN 978-3-473-**36214**-1

Der Meisterdieb
Ein Krimi aus dem Mittelalter
Fabian Lenk
ISBN 978-3-473-**36187**-8

Ravensburger

www.ravensburger.de / www.leserabe.de

ERZ_09_004